PSICOPOMPOS
UN CUENTO EN RIMA
de
H.P. LOVECRAFT
Traducción de
JOSÉ MARÍA NEBREDA

Publicado por primera vez en *Vagrant*, octubre de 1919
Reimpreso en *Weird Tales*, septiembre de 1937
Traducción al español © 1991 por José María Nebreda
Arte de portada © 2020 por Eleanore Stasheff
ISBN-10: 1-953215-47-5
ISBN-13: 978-1-953215-47-5
Publicado por Pickman's Press 2022
Edgewood, Nuevo México, Estados Unidos
Visítenos en http://pickmanspress.com

ÍNDICE

INTRODUCCIÓN

Antes de que H.P. Lovecraft escribiera los relatos que marcaron la diferencia para siempre en la ficción de terror, fue un prolífico poeta. Aunque la mayor parte de su poesía son imitaciones olvidables del siglo XVIII, sus poemas de terror y sus versos extraños siguen impresionando a los lectores e inspirando a escritores de hoy en día. *Psicopompos* es uno de sus poemas más largos y famosos, sólo superado por *Fungi de Yuggoth* (debido a su conexión con el Mitos de Cthulhu). Sin embargo, mientras que *Fungi de Yuggoth* es más bien una colección de poemas en torno a un tema central, *Psicopompos* es un poema épico de una sola historia de terror sobrenatural.

Lovecraft comenzó a escribirlo a finales de 1917, pero no lo terminó hasta el verano de 1918. Contado en la tradición gótica del siglo XVIII, relata la historia de una siniestra pareja de aristócratas que se aprovechan sutilmente de sus aldeanos en la Francia prerrevolucionaria. Aunque se publicó por primera vez en la oscura y efímera revista *The Vagrant* en 1919, no se hizo conocido hasta que se volvió a publicar en la famosa revista pulp *Weird Tales* en septiembre de 1937, sólo unos meses después de que Lovecraft muriera de cáncer de estómago. Desde entonces, se ha reimpreso docenas de veces en diferentes colecciones de ficción y poesía, se ha traducido a varios idiomas extranjeros e incluso se ha convertido en un cortometraje.

Tal vez la pregunta más común sobre este poema esté relacionada con su título: ¿Qué significa "psicopompos"? Es una palabra griega que se traduce aproximadamente como "guía del alma". En la antigua mitología griega, los psicopompos eran entidades que guiaban las almas de los recién fallecidos de la Tierra al más allá. Se ha especulado mucho sobre por qué Lovecraft eligió este título, y no hay una respuesta obvia. Tal vez entendió mal que los psicopompos eran profetas de la muerte (como parecen insinuar las dos primeras cuartetas del poema) en lugar de guías espirituales del inframundo. Si este es el caso, entonces los villanos de la historia podrían ser considerados psicopompos.

Escrito cuando Lovecraft estaba pasando de la poesía a los relatos cortos, muchos elementos de lo que se convertiría en el estilo característico de Lovecraft ya están surgiendo claramente. *Psicopompos* emplea imágenes góticas, utiliza el tono y la atmósfera para construir lentamente el misterio, la tensión y el miedo, e incluye una fuerte dosis de ambigüedad. También vemos el uso temprano de otra técnica que Lovecraft utilizaría con gran efecto en sus historias de terror: no contar la historia directamente, sino como una leyenda. En el caso de *Psicopompos*, una abuela cuenta la historia como algo que ocurrió hace mucho tiempo, lo que lleva a los lectores a preguntarse si alguno de los acontecimientos ocurrió realmente. ¿Es sólo folclore local? ¿O hay un núcleo de verdad en la leyenda? Si es así, ¿cuánto hay de verdad? ¿Dónde acaba la realidad y empieza la fantasía?

Aunque los elementos básicos de la trama están claros y el conflicto central se resuelve satisfactoriamente, quedan muchas preguntas sin respuesta. La principal es la naturaleza sobrenatural exacta de los villanos de la historia. Aunque generalmente se considera que Sieur y Dame De Blois son hombres lobo, una lectura más atenta del poema pone en duda esa interpretación. Dado que Dame De Blois puede transformarse en una serpiente, quizás sería más exacto decir que son metamorfosistas. Por otra parte, parece que son capaces de privar a sus víctimas de vida y vitalidad, consumiéndose hasta que mueren; en este sentido, parecen más cercanos a los vampiros. Por último, a veces se insinúa que son hechiceros que practican la magia negra. ¿Qué son exactamente? Fiel a su estilo, Lovecraft nunca lo aclara, sino que se limita a esparcir pistas y dejar que los lectores las reconstruyan.

También existe la posibilidad de que el poema épico de Lovecraft haya influido en las obras de Clark Ashton Smith. Smith, viejo amigo y miembro del "Círculo de Lovecraft", fue uno de los escritores más famosos de *Weird Tales*, junto a Robert E. Howard (creador de Conan el Bárbaro) y el propio Lovecraft. Smith ambientó todo un ciclo de cuentos en Averoigne, una provincia maldita de la Francia medieval. Quizá el más famoso de estos relatos, *Encuentro en Averoigne*, tenga mucho en común con *Psicopompos*. Mientras que el relato de Lovecraft está ambientado en la Auvergne histórica, el de Smith lo está en la Averoigne ficticia. Los antagonistas tienen nombres similares: Los villanos de Lovecraft son el Sieur y la Dama De Blois, mientras que los de Smith son el Sieur y la Dama Malinbois. Ambos son parejas aristocráticas reclusas que viven en castillos en los bosques oscuros, y ambos son criaturas sobrenaturales que se aprovechan del campesinado local.

Aunque los Malinbois son vampiros, y no hombres lobo o serpientes, se les llama "víboras" y se les describe con características serpentinas. Aunque no hay pruebas fehacientes de que *Psicopompos* haya influido en la historia de Smith, las similitudes son demasiado numerosas como para ignorarlas y la conexión demasiado intrigante como para no reflexionar sobre ella.

PSYCHOPOMPOS

I am He who howls in the night;
  I am He who moans in the snow;
I am He who hath never seen light;
  I am He who mounts from below.

My car is the car of Death;
  My wings are the wings of dread;
My breath is the north wind's breath;
  My prey are the cold and the dead.

In old Auvergne, when schools were poor and few,
And peasants fancy'd what they scarcely knew,
When lords and gentry shunn'd their Monarch's throne
For solitary castles of their own,
There dwelt a man of rank, whose fortress stood
In the hush'd twilight of a hoary wood.
De Blois his name; his lineage high and vast,
A proud memorial of an honour'd past;
But curious swains would whisper now and then
That Sieur De Blois was not as other men.
In person dark and lean, with glossy hair,
And gleaming teeth that he would often bare,
With piercing eye, and stealthy roving glance,
And tongue that clipt the soft, sweet speech of France;
The Sieur was little lov'd and seldom seen,
So close he kept within his own demesne.
The castle servants, few, discreet, and old,
Full many a tale of strangeness might have told;
But bow'd with years, they rarely left the door

PSICOPOMPOS

Yo soy el que aúlla en la noche;
Yo soy el que gime en la nieve;
Yo soy el que nunca ha visto la luz;
Aquel que surge de lo más hondo.

Mi carro es el carro de la muerte;
Mis alas son las alas del miedo;
Mi aliento es el aliento del norte;
Mi presa es lo frío y lo muerto.

En la antigua Auvernia, cuando las escuelas eran pocas
Y los campesinos temían lo que no sabían explicar,
Cuando los nobles vivían lejos de la corte del rey,
Aislados en solitarias fortalezas,
Moraba un hombre de rango en un castillo
Bajo el calmo crepúsculo de un añoso bosque.
Su nombre, De Blois; su linaje, noble y vasto,
Orgullosa herencia de un honroso pasado;
Pero siempre, ahora y antes, se murmuró
Que el Sieur De Blois no era como los demás.
Persona siniestra y flaca, de pelo lustroso
Y reluciente, blanca dentadura que a menudo mostraba;
De ojos penetrantes y furtiva gracia,
Da su boca salía el dulce, suave idioma francés;
El Sieur era poco estimado y poco visto,
Tan celosamente guardaba su propia intimidad.
Los criados del castillo, pocos, discretos y viejos,
Cuentan una antigua y extraña historia

Wherein their sires and grandsires serv'd before.
Thus gossip rose, as gossip rises best,
When mystery imparts a keener zest;
Seclusion oft the poison tongue attracts,
And scandal prospers on a dearth of facts.
'Twas said, the Sieur had more than once been spy'd
Alone at midnight by the river's side,
With aspect so uncouth, and gaze so strange,
That rustics cross'd themselves to see the change;
Yet none, when press'd, could clearly say or know
Just what it was, or why they trembled so.
De Blois, as rumour whisper'd, fear'd to pray,
Nor us'd his chapel on the Sabbath day;
Howe'er this may have been, 'twas known at least
His household had no chaplain, monk, or priest.
But if the Master liv'd in dubious fame,
Twice fear'd and hated was his noble Dame;
As dark as he, in features wild and proud,
And with a weird supernal grace endow'd,
The haughty mistress scorn'd the rural train
Who sought to learn her source, but sought in vain.
Old women call'd her eyes too bright by half,
And nervous children shiver'd at her laugh;
Richard, the dwarf (whose word had little weight),
Vow'd she was like a serpent in her gait,
Whilst ancient Pierre (the aged often err)
Laid all her husband's mystery to her.
Still more absurd were those odd mutter'd things
That calumny to curious list'ners brings;
Those subtle slanders, told with downcast face,
And muffled voice—those tales no man may trace;
Tales that the faith of old wives can command,
Tho' always heard at sixth or seventh hand.
Thus village legend darkly would imply
That Dame De Blois possess'd an evil eye;
Or going further, furtively suggest

Donde están sus señores y a los que antes sirvieron.
Estas habladurías nacieron como muchas otras,
Impregnadas de un halo de misterio y envidia;
Patrimonio de lenguas venenosas y afiladas
Los rumores se alimentaron de pocos hechos.
Se decía que el Sieur había sido visto
Cerca del río y en mitad de la noche,
Con aspecto tan indecible y mirada tan extraña
Que los lugareños se santiguaban al verlo,
Aunque ninguno sabía decir con claridad
Por qué lo hacían, o por qué temblaban.
Se rumoreaba que De Blois despreciaba los rezos
Y que no iba a misa el día del Sabbath:
Pero no se puede afirmar nada
Pues en su casa no había capellán, cura ni monje.
Pero si el señor tenía dudosa fama,
Más temida y odiada era su noble dama;
Tan siniestra como él, de facciones salvajes y firmes,
Dotada de una gracia oscura y sobrenatural,
La altiva señora desdeñaba el ambiente rural
Y a los que trataban, en vano, de averiguar su origen.
Las comadres decían que sus ojos brillaban demasiado
Y los chiquillos temblaban al escuchar su risa;
Richard, el enano (sujeto poco creíble),
Juraba que se movía como una serpiente,
Mientras que el viejo Pierre (la edad le provoca desvaríos)
Decía que era más perversa que su marido.
Pero aún eran más absurdos los chismes
A los que se entregaba gratuitamente el populacho,
Las mentiras y murmuraciones sibilinas,
Los cuchicheos… Historias difíciles de probar
Pero que las comadres creían a pie juntillas,
A pesar de llegarles de segunda mano.
Y así, se fue extendiendo la leyenda que aseguraba
Que la señora De Blois echaba mal de ojo;
Incluso, furtivamente, llegaban a sugerir

A lurking spark of sorcery in her breast;
Old Mère Allard (herself half witch) once said
The lady's glance work'd strangely on the dead.
So liv'd the pair, like many another two
That shun the crowd, and shrink from public view.
They scorn'd the doubts by ev'ry peasant shewn,
And ask'd but one thing—to be let alone!

*   *   *

'Twas Candlemas, the dreariest time of year,
With fall long gone, and spring too far to cheer,
When little Jean, the bailiff's son and heir,
Fell sick and threw the doctors in despair.
A child so stout and strong that few would think
An hour might carry him to death's dark brink,
Yet pale he lay, tho' hidden was the cause,
And Galens search'd in vain thro' Nature's laws.
But stricken sadness could not quite suppress
The roving thought, or wrinkled grandam's guess:
Tho' spoke by stealth, 'twas known to half a score
That Dame De Blois rode by the day before;
She had (they said) with glances weird and wild
Paus'd by the gate to view the prattling child,
Nor did they like the smile which seem'd to trace
New lines of evil on her proud, dark face.
These things they whisper'd, when the mother's cry
Told of the end—the gentle soul gone by;
In genuine grief the kindly watcher wept,
Whilst the lov'd babe with saints and angels slept.
The village priest his simple rites went thro',
And good Michel nail'd up the box of yew;
Around the corpse the holy candles burn'd,
The mourners sighed, the parents dumbly yearn'd.
Then one by one each sought his humble bed,
And left the lonely mother with her dead.
Late in the night it was, when o'er the vale

Que en su pecho anidaba el germen de la brujería.
La vieja Meré Aflard (medio bruja también) decía
Que la dama tenía extraños tratos con la muerte.
Así vivían los dos, como tantos otros
Que rehúyen la fama y la vida en sociedad.
Desdeñaban los recelos de los campesinos
Y sólo querían una cosa… ¡que les dejasen en paz!

*　　　*　　　*

Sucedió en la Candelaria, la época más triste del año,
El otoño había pasado, la primavera quedaba lejos,
Cuando el pequeño Jean, primogénito del alcalde,
Cayó irremisiblemente enfermo.
Pacos imaginaban que un joven tan alto y fuerte
Estuviese ahora tan cerca de la muerte,
Mas pálido yacía, sin motivo ni razón,
Mientras los galenos indagaban con desesperación.
El dolor que todos sentían no podía borrar
Las sospechas, los chismes de la vieja bruja,
Pues se decía, y era el dominio de todos,
Que la señora De Blois cabalgaba el día anterior
Con una apariencia sobrenatural y salvaje,
Y que se detuvo ante la puerta donde deliraba el joven
Y que en su boca se dibujó una torcida sonrisa,
Desfigurando su altivo rostro en una mueca burlona.
Todo esto se murmuraba cuando la madre gritó:
La muerte había llegado, llevándose el tierno espíritu;
Con pena desgarradora lloró la abatida mujer
Mientras que su querido niño yacía entre santos y ángeles
El cura del pueblo ofició los funerals
Y el bueno de Michel hizo un ataúd de madera de tejo
Entre cirios y velas reposaba el cadáver.
Mientras lloraban las plañideras y gemían los padres
Pronto pasaron todos ante la humilde casa
Dejando sola a la madre con su niño muerto.
Medianoche era cuando sobre el valle

The storm-king swept with pandemoniac gale;
Deep pil'd the cruel snow, yet strange to tell,
The lightning sputter'd while the white flakes fell;
A hideous presence seem'd abroad to steal,
And terror sounded in the thunder's peal.
Within the house of grief the tapers glow'd
Whilst the poor mother bow'd beneath her load;
Her salty eyes too tired now to weep,
Too pain'd to see, too sad to close in sleep.
The clock struck three, above the tempest heard,
When something near the lifeless infant stirr'd;
Some slipp'ry thing, that flopp'd in awkward way,
And climb'd the table where the coffin lay;
With scaly convolutions strove to find
The cold, still clay that death had left behind.
The nodding mother hears—starts broad awake—
Empower'd to reason, yet too stunn'd to shake;
The pois'nous thing she sees, and nimbly foils
The ghoulish purpose of the quiv'ring coils:
With ready axe the serpent's head she cleaves,
And thrills with savage triumph whilst she grieves.
The injur'd reptile hissing glides from sight,
And hides its cloven carcass in the night.

*   *   *

The weeks slipp'd by, and gossip's tongue began
To call the Sieur De Blois an alter'd man;
With curious mien he oft would pace along
The village street, and eye the gaping throng.
Yet whilst he shew'd himself as ne'er before,
His wild-eyed lady was observ'd no more.
In course of time, 'twas scarce thought odd or ill
That he his ears with village lore should fill;
Nor was the town with special rumour rife
When he sought out the bailiff and his wife:
Their tale of sorrow, with its ghastly end,

Estalló la tormenta con furia salvaje;
La nieve caía en furiosas ráfagas
Y el relámpago lucía entre blancos copos;
Un terrible presagio parecía cernirse ominoso
Mientras el trueno retumbaba con tétrico pavor.
En la casa del muerto las velas ardían
Y una madre dolorida lamentaba su pérdida,
Sus ojos irritados incapaces de llorar más,
Incapaces de ver, de cerrarse y dormir.
En el fragor de la tormenta el reloj dio las tres
Cuando cerca del muerto algo se escurrió;
Una cosa incierta que palpaba el aire
Y que subió a la mesa donde yacía el cadáver;
Con trémulas convulsiones trataba de dar
Con el frío cuerpo que la muerte dejó atrás.
La madre despertó de su frágil sueño,
Incapaz de pensar, todavía aturdida;
Pero vio aquel ser venenoso y se percató
De los glotones deseos que parecía tener:
De un certero hachazo hendió la serpentina cabeza
Gritando salvaje mientras la criatura gemía.
El reptil herido huyó siseando,
Ocultando su cuerpo maltrecho en mitad de la noche.

*   *   *

Las semanas pasaron y se empezó a murmurar
Que el señor De Blois era un hombre cambiado
A menudo paseaba por el pueblo con extraño porte
Abriéndose paso por el gentío.
Se le veía mucho más que antes
Mas de su dama nada se sabía.
Con el paso del tiempo creció la sospecha
De que atendía con interés lo que se decía en la villa,
Así que no fue cosa extraña
Que se enterase de lo que sucedió al alcalde y su esposa:
La siniestra historia, y su horrible final,

Was told, indeed, by ev'ry wond'ring friend.
The Sieur heard all, and low'ring rode away,
Nor was he seen again for many a day.

* * *

When vernal sunshine shed its cheering glow,
And genial zephyrs blew away the snow,
To frighten'd swains a horror was reveal'd
In the damp herbage of a melting field.
There (half preserv'd by winter's frigid bed)
Lay the dark Dame De Blois, untimely dead;
By some assassin's stroke most foully slain,
Her shapely brow and temples cleft in twain.
Reluctant hands the dismal burden bore
To the stone arches of the husband's door,
Where silent serfs the ghastly thing receiv'd,
Trembling with fright, but less amaz'd than griev'd;
The Sieur his dame beheld with blazing eyes,
And shook with anger, more than with surprise.
(At least 'tis thus the stupid peasants told
Their wide-mouth'd wives when they the tale unroll'd.)
The village wonder'd why De Blois had kept
His spouse's loss unmention'd and unwept,
Nor were there lacking sland'rous tongues to claim
That the dark master was himself to blame.
But village talk could scarcely hope to solve
A crime so deep, and thus the months revolve:
The rural train repeat the gruesome tale,
And gape and marvel more than they bewail.

* * *

Swift flew the sun, and winter once again
With icy talons gripp'd the frigid plain.
December brought its store of Christmas cheer,
And grateful peasants hail'd the op'ning year;

Estaba en boca de todos los lugareños.
El señor la oyó en silencio y partió con el ceño fruncido,
Y nadie le volvió a ver durante muchos días.

*   *   *

Cuando el sol primaveral vertió alegres rayos
Y los mágicos calores borraron la nieve
Un nuevo horror se hizo visible a las gentes,
Pues entre la hierba húmeda y embarrada
Yacía (preservado por el frío manto invernal)
El cadáver de la siniestra dama De Blois,
Su orgullosa frente partida en dos
Por un golpe certero y mortal.
De mala gana llevaron su cuerpo maltrecho
Hasta las pétreas puertas del castillo,
Donde los silenciosos criados lo recogieron,
Estremeciéndose, con más pena que asombro;
El señor miró a su dama con ojos inflamados
Y casi sin inmutarse, tembló en él la ira.
(Al menos eso dijeron los labriegos
Cuando contaron la historia a sus mujeres).
La gente se preguntaba por qué De Blois no dijo nada
De la pérdida de su esposa y su horrible pena;
Y entre murmuraciones se llegó a decir
Que el tétrico señor se culpaba a sí mismo.
Pero pocas esperanzas se tenían de aclarar
Un crimen tan oscuro; y así pasó el tiempo:
La horrible historia iba de boca en boca,
Y era más el miedo y el asombro que la pena.

*   *   *

Pronto el sol fue debilitándose y dio paso al invierno,
Que se apoderó del páramo con garras de hielo.
Diciembre trajo consigo la alegría navideña
Y las gentes contentas saludaron el nuevo año;

But by the hearth as Candlemas drew nigh,
The whisp'ring ancients spoke of things gone by.
Few had forgot the dark demoniac lore
Of things that came the Candlemas before,
And many a crone intently eyed the house
Where dwelt the sadden'd bailiff and his spouse.
At last the day arriv'd, the sky o'erspread
With dark'ning messengers and clouds of lead;
Each neighb'ring grove Aeolian warnings sigh'd,
And thick'ning terrors broadcast seem'd to bide.
The good folk, tho' they knew not why, would run
Swift past the bailiff's door, the scene to shun;
Within the house the grieving couple wept,
And mourn'd the child who now forever slept.
On rush'd the dusk in doubly hideous form,
Borne on the pinions of the gath'ring storm;
Unusual murmurs fill'd the rainless wind,
And hast'ning travelers fear'd to glance behind.
Mad o'er the hills the demon tempest tore;
The rising river lash'd the troubled shore;
Black thro' the night the awful storm-god prowl'd,
And froze the list'ners' life-blood as he howl'd;
Gigantic trees like supple rushes sway'd,
Whilst for his home the trembling cotter pray'd.
Now falls a sudden lull amidst the gale;
With less'ning force the circling currents wail;
Far down the stream that laves the neighb'ring mead
Burst a new ululation, wildly key'd;
The peasant train a frantic mien assume,
And huddle closer in the spectral gloom:
To each strain'd ear the truth too well is known,
For that dread sound can come from wolves alone!
The rustics close attend, when ere they think,
A lupine army swarms the river's brink;
From out the waters leap a howling train
That rend the air, and scatter o'er the plain:

Pero cuando la Candelaria fue acercándose
Los viejos, al calor de la lumbre, recordaban cosas.
Pocos habían olvidado aquella terrible sucesión
De acontecimientos que tuvieron lugar el año anterior
Y más de uno miraba con intensidad la casa
Donde vivían el afligido alcalde y su esposa.
Al fin llegó el día, y el cielo se cubrió
De oscuros presagios y amenazantes nubarrones
Los bosques cercanos gemían al compás del viento
Y un terror opresivo se cernía en el aire.
Las sencillas gentes, sin saber por qué,
Pasaban de largo ante la casa del alcalde;
En el interior, una afligida pareja lloraba
La falta del niño que ya siempre soñaba.
Una oscuridad profunda y tétrica se desparramó
Desde lo más hondo de la creciente tormenta;
Extraños lamentos llenaron los vientos sin lluvias,
Y los aterrados viajeros no se atrevían a mirar atrás.
Sobre los campos, furiosa, rugió la tempestad;
El río batía con fuerza las trémulas riberas;
Terrible la tormenta bramó en mitad de la noche
Helando la sangre de los que escuchaban;
Árboles enormes fueron barridos como hojas,
Y el vagabundo buscó tembloroso un refugio.
De pronto cayó una calma repentina en mitad de la furia
Y el rugir del viento se tornó suave gemido;
Lejos, cerca del río que riega los campos del pueblo,
Se oyó un nuevo aullido, profundo y lejano;
Y los que escuchaban atentamente se estremecieron
Acurrucándose en la espectral oscuridad,
Pues todos sabían con funesta seguridad
¡Que aquellos gemidos provenían de los lobos!
Los campesinos escuchaban con atención
La horda de lobos que llegaba desde el río;
Sobre las aguas un coro de aullidos
Rasgó el aire y se desparramó por los páramos:

With flaming orbs the frothing creatures fly,
And chant with hellish voice their hungry cry.
First of the pack a mighty monster leaps
With fearless tread, and martial order keeps;
Th' attendant wolves his yelping tones obey,
And form in columns for the coming fray:
No frighten'd swain they harm, but silent bound
With a fix'd purpose o'er the frozen ground.
Straight course the monsters thro' the village street,
Unholy vigour in their flying feet;
Thro' half-shut blinds the shelter'd peasants peer,
And wax in wonder as they lose in fear.
Th' excited pack at last their goal perceive,
And the vex'd air with deaf'ning clamour cleave;
The churls, astonish'd, watch th' unnatural herd
Flock round a cottage at the leader's word:
Quick spreads the fearsome fact, by rumour blown,
That the doom'd cottage is the bailiff's own!
Round and around the howling daemons glide,
Whilst the fierce leader scales the vine-clad side;
The frantic wind its horrid wail renews,
And mutters madly thro' the lifeless yews.
In the frail house the bailiff calmly waits
The rav'ning horde, and trusts th' impartial Fates,
But the wan wife revives with curious mien
Another monster and an older scene;
Amidst th' increasing wind that rocks the walls,
The dame to him the serpent's deed recalls:
Then as a nameless thought fills both their minds,
The bare-fang'd leader crashes thro' the blinds.
Across the room, with murd'rous fury rife,
Leaps the mad wolf, and seizes on the wife;
With strange intent he drags his shrieking prey
Close to the spot where once the coffin lay.
Wilder and wilder roars the mounting gale
That sweeps the hills and hurtles thro' the vale;

Con los ojos como brasas avanzaron las criaturas,
Clamando al aire su hambre salvaje.
A la cabeza del grupo surgió un poderoso ejemplar
Que parecía mandarles con voz potente;
Los demás lobos obedecían sus bestiales aullidos
Y formaron columnas en orden de batalla:
No atacaron a nadie pero silenciosos marchaban
Sobre los campos gélidos con un solo propósito.
En línea recta avanzaron por las calles del pueblo,
Su trotar fantasmagórico lleno de vigor;
A través de los postigos miraban los lugareños
Y su miedo se tornaba desconcierto.
Al fin la manada descubrió su objetivo
Y el aire se llenó de un profundo aullido;
Los campesinos, sorprendidos, observaban la horda
Que se reunía en una de las granjas del lugar:
Y pronto se propagó el terrible rumor,
¡Aquella era la granja del alcalde!
Los demonios ululantes dieron vueltas y vueltas
Mientras su jefe trepaba por la hiedra del muro;
El viento frenético batió con más fuerza,
Susurrando locuras sobre los doblados tejos.
En la casa indefensa, el alcalde esperaba
La horda salvaje, confiado a su destino,
Pero su aterrada mujer revivía callada
Otro monstruoso pasado y otra lejana escena;
A través del rugido del viento sobre los muros
Recordó a la dama y aquella terrible serpiente:
Y entonces, como si adivinara el pensamiento,
El lobo, fauces abiertas, atravesó la ventana.
Lleno de rabia asesina, por la habitación,
Saltó el demoniaco ser en busca de su esposa;
Con terrible anhelo olisqueó su presa,
Cerca del sitio donde reposaba el cadáver.
Con furia renovada rugió la tempestad,
Arrastrándose entre las colinas, soplando en el valle;

The ill-made cottage shakes, the pack without
Dance with new fury in demoniac rout.
Quick as his thought, the valiant bailiff stands
Above the wolf, a weapon in his hands;
The ready axe that serv'd a year before,
Now serves as well to slay one monster more.
The creature drops inert, with shatter'd head,
Full on the floor, and silent as the dead;
The rescu'd wife recalls the dire alarms,
And faints from terror in her husband's arms.
But as he holds her, all the cottage quakes,
And with full force the titan tempest breaks:
Down crash the walls, and o'er their shrinking forms
Burst the mad revels of the storm of storms.
Th' encircling wolves advance with ghastly pace,
Hunger and murder in each gleaming face,
But as they close, from out the hideous night
Flashes a bolt of unexpected light:
The vivid scene to ev'ry eye appears,
And peasants shiver with returning fears.
Above the wreck the scatheless chimney stays,
Its outline glimm'ring in the fitful rays,
Whilst o'er the hearth still hangs the household shrine,
The Saviour's image and the Cross divine!
Round the blest spot a lambent radiance glows,
And shields the cotters from their stealthy foes:
Each monstrous creature marks the wondrous glare,
Drops, fades, and vanishes in empty air!
The village train with startled eyes adore,
And count their beads in rev'rence o'er and o'er.
Now fades the light, and dies the raging blast,
The hour of dread and reign of horror past.
Pallid and bruis'd, from out his toppled walls
The panting bailiff with his good wife crawls:
Kind hands attend them, whilst o'er all the town
A strange sweet peace of spirit settles down.

La vieja casa se estremeció, la jauría
Estalló en un furioso profundo aullido.
Rápidamente el valeroso alcalde se interpuso
Ante el lobo con un arma en sus manos.
La misma hacha que antaño se usara
Sirvió otra vez para acabar con el monstruo.
La bestia, con el cráneo hendido, se desplomó
Sobre el suelo, tan quieto como la muerte;
La esposa indemne dejó de gritar,
Desmayándose en los brazos de su marido.
Pero entonces toda la casa se estremeció
Y con furia titánica la tempestad rugió:
Los muros se quebraron y sobre los hombres
Cayó toda la barbarie de la tormenta.
La manada de lobos avanzó con paso tétrico,
Y en cada rostro podía verse hambre y muerte
Pero entonces, sobre la horrible noche,
Centelleó un haz de inesperada luz:
Todos pudieron ver con claridad la escena,
Haciéndole temblar con nuevos miedos.
Sobre la oscuridad resaltaban las chimeneas,
Dibujadas sobre la brillante luminosidad,
¡Y aún seguía colgado el sepulcro familiar,
La imagen del Salvador y la Cruz divina!
Sobre los muros descompuestos brilló el fulgor
Haciendo que las bestias dejasen de avanzar:
Los monstruos sorprendidos quedaron quietos;
¡Y se esfumaron en el aire vacío!
Los lugareños oraban enfebrecidos,
Rezando el rosario una y otra vez.
Pronto desapareció la luz y el fulgor
El tiempo del horror y la muerte había pasado.
Asombrados y pálidos, de sus socavados muros
Salieron el buen alcalde y su esposa:
Las gentes los cuidaron con cariño y por la villa
Se extendió una extraña sensación de paz.

Wonder and fear are still'd in soothing sleep,
As thro' the breaking clouds the moon rays peep.

*   *   *

Here paus'd the prattling grandam in her speech,
Confus'd with age, the tale half out of reach;
The list'ning guest, impatient for a clue,
Fears 'tis not one tale, but a blend of two;
He fain would know how far'd the widow'd lord
Whose eerie ways th' initial theme afford,
And marvels that the crone so quick should slight
His fate, to babble of the wolf-wrack'd night.
The old wife, press'd, for greater clearness strives,
Nods wisely, and her scatter'd wits revives;
Yet strangely lingers on her latter tale
Of wolf and bailiff, miracle and gale.
When (quoth the crone) the dawn's bright radiance bath'd
Th' eventful scene, so late in terror swath'd,
The chatt'ring churls that sought the ruin'd cot
Found a new marvel in the gruesome spot.
From fallen walls a trail of gory red,
As of the stricken wolf, erratic led;
O'er road and mead the new-dript crimson wound,
Till lost amidst the neighb'ring swampy ground:
With wonder unappeas'd the peasants burn'd,
For what the quicksand takes is ne'er return'd.

*   *   *

Once more the grandam, with a knowing eye,
Stops in her tale, to watch a hawk soar by;
The weary list'ner, baffled, seeks anew
For some plain statement, or enlight'ning clue.
Th' indulgent crone attends the puzzled plea,
Yet strangely mutters o'er the mystery.
The Sieur? Ah, yes—that morning all in vain

La maravilla y el miedo siguieron en sus sueños,
Hasta que los rayos de la luna abrieron las nubes.

*   *   *

Aquí se para el viejo en su cháchara,
Confundido con la edad, la historia a medio contar;
Los que escuchan se impacientan por saber el final,
Temiendo que no sea una historia, sino dos;
El debe saber qué la sucedió al siniestro señor
Cuyos extraños designios crearon el cuento,
Y se asombra de que la crónica despierte interés
Como para seguir hablando del lobo nocturno.
Su vieja esposa, ante la solicitud de los oyentes,
Asiente tétricamente, y sigue reviviendo
Sucesos más extraños del final de la historia
Sobre el lobo y el alcalde, milagro y tempestad.
Cuando (continúa) los rayos del amanecer
Impregnaron la escena de tanto horror,
Los aterrados labriegos que vieron las ruinas
Encontraron entre los escombros una nueva maravilla.
Desde los muros caídos unas huellas rojas,
Las del lobo herido, salían sin rumbo fijo;
Sobre el camino erraban las huellas
Hasta perderse en los alrededores pantanosos:
Asombrados, los curiosos se fueron,
Pues lo que de allí salía jamás retornó.

*   *   *

De nuevo el viejo, entornando los ojos,
Hace una pausa para ver un halcón en el cielo;
Los asustados oyentes se impacientan
Y esperan el desarrollo de la historia.
El cronista atiende los ruegos de la gente
Y sigue murmurando extrañas cosas de su cuento.
¿El señor? Ah, si… en vano aquella mañana

His shaking servants scour'd the frozen plain;
No man had seen him since he rode away
In silence on the dark preceding day.
His horse, wild-eyed with some unusual fright,
Came wand'ring from the river-bank that night.
His hunting-hound, that mourn'd with piteous woe,
Howl'd by the quicksand swamp, his grief to shew.
The village folk thought much, but utter'd less;
The servants' search wore out in emptiness:
For Sieur De Blois (the old wife's tale is o'er)
Was lost to mortal sight for evermore.

Sus temblorosos criados rastrearon el páramo;
Nadie le ha vuelto a ver desde que huyó
En silencio en la oscuridad que precede al día,
Su caballo, inquieto y extrañamente asustado,
Volvió solo aquella noche desde el río.
Su perro de caza, aullando tristemente,
Vagaba por el pantano, embargado por la pena.
Las gentes hicieron suposiciones, mas nada decían;
Los sirvientes buscaron en vano:
Pues el señor De Blois (y su esposa también)
Jamás fue visto por nadie nunca más.

SOBRE EL AUTOR

Howard Phillips Lovecraft (1890—1937) fue un autor y poeta estadounidense de terror, fantasía oscura y ficción extraña. Es más conocido por su creación de lo que se convirtió en el Mitos de Cthulhu, así como por ser pionero en el concepto de "horror cósmico", que sigue influyendo en el género de terror actual. Lovecraft fue incluido en el Salón de la Fama de la Ciencia Ficción y la Fantasía en 2016.

SOBRE EL TRADUCTOR

José María Nebreda: A los 13 años descubrí un libro mágico: *Los Mitos de Cthulhu*, en edición de Rafael Llopis, y poco después aprendí inglés intentando descifrar el segundo volumen de *El Señor de los Anillos*. Desde entonces, a pesar de las diferentes ocupaciones, los libros siempre han formado parte de mi vida. En 2001 se publicó *Tolkien: enciclopedia*, un trabajo de amor juvenil, y empecé a trabajar como traductor para la editorial Valdemar, dando inicio a una «terrorífica» relación que aún perdura. En 2013 entré a co-editar el sello Insomnia, de la misma casa editorial. Aunque me cuesta creérmelo, nací en 1959, en Madrid.

@JoseMNebreda

En un único volumen se recogen todos los relatos cortos de Clark Ashton Smith sobre Averoigne, la siniestra y monstruosa provincia de la Francia medieval. Hombres lobo y sátiros acechan los bosques oscuros, brujas y nigromantes acechan en los pantanos, y gárgolas y gigantes aterrorizan la ciudad catedral de Vyônes en el corazón de Averoigne. Incluso la sagrada Abadía de Périgon está profanada por reliquias paganas malditas y demonios de las estrellas. Ven, explora los misterios de Averoigne… si te atreves.

Este libro contiene estos cuentos:

- *Mamá Sapo*
- *El escultor de gárgolas*
- *La Santidad de Azédarac*
- *El coloso de Ylourgne*
- *La hechicera de Sylaire*
- *La Bestia de Averoigne*
- *Las mandrágoras*
- *Encuentro en Averoigne*
- *La exhumación de Venus*
- *El sátiro*
- *El final de la historia*

Y estos poemas:

- *Los bosques de Averoigne* por Grace Stillman
- *Klarkash-Ton, Señor de Averoigne* por HP Lovecraft